U0082814

把我削尖
一片片垂下的擦身而過
趁你的厭煩還很薄
都拿去
透光

輯三 · 你不認得我了

推薦序 文／駱以軍

這本書是一條年輕的河流

波光粼粼各種奇想、鬼臉、青春自由的即興

因為如此年輕

所以灑開的水珠

即使是哀傷、哀感的部分

都有一種在兒童樂園裡迷路的開心

都有動物遊行、小丑打鼓、電動花車、化妝舞會

那股再荒蕪的時代也要找樂子的「惘惘的笑容」

推薦序 · 苟活者的曖昧與尖銳

文／林禹瑄

我在咖啡館遇見楚狂的時候他正在當海陸兵，外表看起來規規矩矩，每星期準時收假放假，幾個月裡頭髮總是比平頭再多一點的長度。我總覺得那樣長度的頭髮是一種詐術，遠看平平整整，摸起來卻非常扎人。我不曾理過那樣的頭髮，也沒當過兵，只能一廂情願地想像那些時運不濟的大頭兵男孩們，在莫名且無意義的體力勞動與嚴格教條壓迫下，也許有時會摸摸頭髮，感覺自己還藏有一點尖銳的樣子，然後假作甘心地再往下撐一段路。

我的確只能想像，因為那些總是與幸運擦肩而過、總是匍匐生活，楚

狂筆下「又衰又賤」的男孩們，似乎從來就少有人在意他們心裡在想什麼。他們大多有極普通的名字，曲折的心思都在平凡外表下藏得很好，深潭一樣憂鬱的眼睛只在聚光燈外發亮，看似對人生百無聊賴，又還沒完全死心，像《站台》裡的崔明亮、《美麗時光》的小偉、《青梅竹馬》的阿隆，「魯蛇」一詞還未普及的時候，在無人知曉的地方苦苦掙扎；魯蛇躍成為主流，滿街人都樂於自稱大魯小魯的年代，又成為蒼白標籤解釋不了的邊緣人，在簡單劃一的世界裡緊守自己繁複的心思。

他們被社會要求堅強，也習慣堅

強，柔軟的心卻格外容易受傷；想逆流而行，卻總被推到最不想抵達的地方；對周遭的敵意和恨意不小，卻從沒做過什麼真正的惡事，頂多酗點菸酒，飆一趟車，往沒有人的方向叫囂幾句髒話。我忍不住想，跨越年代、地域、虛實的那些男孩如果有筆，會不會也像楚狂的這本詩文夾雜的集子一樣，滿是「當汝昇起我以為／塗抹一陣光／把自己點亮／有更多光會降臨」（〈之間〉）、「我感受燈泡的凝視／我感受牆角的擁抱」（〈一樣〉）這般又靠又悲的自貶、自嘲與自傷。

　　各種情緒混雜之下，如此「低到

近年魯蛇當道，廢、渣、賤等形容詞被一陣濫用後，一時也意義朦朧起來，亦加深了楚狂此時書寫「悲賤」的歧異性。然而自我審視的心態或許能刻意扭轉、欺瞞，踩在「卑賤」位置上的觀看視角卻是絕對真誠的。身處在大眾聚焦之外，冷眼旁觀也看得特別清醒，所有弱小、卑微的物事都成了他情感同理、投射的對象。〈無有人續話〉裡，一隻受困最後斷螯的螃蟹讓他揪心；腳下無心踩碎的蝸牛，都像被生活踩碎的自己，對蝸牛致歉的同時也對世界抱歉：「他們在柏油路上不是他們的錯／無從避開也不是我的錯」（〈你只是整晚整晚看著我

融化〉）。

　　無論這本集子裡的作品如何繞著「悲賤／卑賤」的母題迂迴打轉，依此將楚狂歸為魯蛇派（如果即將要有這一派）的書寫者顯然仍過於草率，畢竟當人人都能是魯蛇，一路走來謹守魯蛇本質的魯蛇們又願意安於這個歸類嗎？我沒問過楚狂寫了多久，只感覺他總是一直在寫，一路靠悲，從兵營進入職場，從已經歇業的咖啡館離開。讀他文字的時候，我常想起他當年的頭髮，平淡外表下隱隱有刺正往外扎。世事多變，希望書寫能繼續是他手裡的刺，時時保持苟活者「既傷且喜」的曖昧與尖銳。

自序 · 十五志於學

　　高中時候呀，全校十多班，我在唯一一個男生班，我們那個班不明所以的被當作放牛班在養。

　　放牛班雖然什麼都爛，但也孕育著各種奇葩。

　　每堂課的老師有如涮涮鍋的羊牛豬雞鴨肉片，沾一下就趕緊開溜。

　　唯獨英文課。

　　那時班上一位同學，非常熱衷於上英文。

　　英文老師是個年輕女老師，喔，會派來俺班上的，不是待退人員、就是新進弟妹。

　　我還記得有位同學叫做永春。

　　不是詠春，是永春。

頭幾次上課，春秋五霸戰國七雄，每個同學在各自座位上各據山頭、各有家業事業睡夢業，老師帶頭唸了幾節課文，便在黑板上抄抄抄了，這是各老師總結經驗後唯一能做的事。

　　唯獨英文課。

　　某次，英文課依然春秋戰國，打牌的打呼的打架的打手……手機的。

　　突然！

　　永春同學虎目一瞪，拍桌彈立！大吼：「幹尼良不會安靜一下朽！拎北要上英・文・課！」

　　全教室驚呆了，也不及老師驚。

　　雖然第一次段考永春英文小老師連 26 個字母都排不全。

英文還是大家唯一會拿課本的課堂。

學期中，頗多人不滿無聊的英文卻為什麼要正襟危坐？

哄笑永春同學覬覦年輕女老師，永春也不多做辯解，仍雖萬人吾往矣，愛英文，捨我其誰。

老師感動非常啊！一個剛出來帶班，又遇到鬥牛群班級的菜鳥，竟然有同學願意支持她、幫助她，儘管那位同學到了學期中只順利拚到了L……

老師覺得應該表揚永春同學，甚至應該大力宣揚永春同學對英文的熱愛與進取心。

某回上課，師笑曰：「永春，你要不要告訴大家，你怎麼那麼愛上英文？」心中暗忖，可以藉表揚永春的榮譽、激發同學彼此的共鳴、影響大家對英文的認知與上進啊！

　　只見永春兄放下課本，從座位彈起來，先是靦腆一笑，徐徐道曰：「因為……我覺得洋妞真的好正！我以後一定要把一個來……」

　　多少年後，在某次講座上，我聽詩人許悔之談他寫詩的初心：「國中時候覺得寫詩一定可以把到妹。」

　　「誰曉得妹沒把到，人已經先老了。」

　　科科。

我有塊地，

咿啊咿啊唶

雞說

雞生蛋？

還是，蛋生雞呢？

我小學中年級的時候吧，自然科要我們每個人孵一顆雞蛋，試著從蛋到雞、到小雞的成長中，獲得一絲生為人類的善（優）愛（越）美（感）。

全班也就找老師批了一籃雞蛋，唯獨我沒有，我瀟灑果敢的沒有簽下名字，我知道哪裡可以買，我知道我有辦法。

此後，部分同學帶蛋回家慢慢孵，而家裡不能養寵物的、弟弟妹妹會過敏的、家裡另外有貓有狗的種種原因在教室孵蛋的同學，個個從家裡帶來各種「保暖裝置」，棉被、毛毯、燈泡等等，

教室裡也就出現一窩窩的「紙箱巢」。

　　下課時候，不管是不是蛋的主人，同學們爭相幫每顆蛋翻面，而蛋主人也竭力阻止同學對自己女兒兒子侵擾般的逗弄。

　　那時我把蛋帶回家孵，揀一只小紙箱，下鋪毛毯上蓋棉被，中午放學回家就是衝到房間裡把牠翻面，每次翻面的過程我都覺得，那顆蛋躍躍欲試，某種鼓動與共鳴試圖將裡面的仔仔透漏給世界知道。

　　很快，不過1～2天，大多數同學的蛋都次次破殼，彷彿那時代正在上映的「侏儸紀公園」，一個都市人闖入獸類實驗室場景，卻見琳瑯滿目的蛋殼都

在碎裂，一頭頭雛雞向世界舒展開來。

　　3～4天後，所有人的蛋都破殼了，帶回家養的同學不忘把雛雞帶來學校，意圖參加選美比賽般的指指點點。

　　半個月後，自然科老師說要驗收大家養的小雞，並將大多數無法再繼續養在身邊的小雞收集起來，送還給那個批發的農場。

　　但那一次我自然科分數極低。

　　我的蛋無聲無息，我以為那裏面的小雞應該也要很雀躍地誕生才對啊？

　　像極了皇室後宮那母儀天下的皇后，見夫君（皇帝）所有的小三下仔如

下雨般一個接一個，自己的肚子卻不見任何聲音，只能逐漸往陰影面縮小。

我那顆翹盼捷音、企與厚望的雞蛋，最後因為腐壞臭爛，在我滿懷「被這混蛋背叛了！」的恨意下，與廚餘一起流散。

多少年後，當我已長成，我才知道那最後敗臭、背叛我的雞蛋之所以無法孵出雞仔。

因為，
超市裡的蛋沒辦法孵小雞。

我們都忘記曾經想過一隻蟑螂

好像還可以更美好
吃冰淇淋的人想著冰淇淋外的世界
無法中止的融化
就在那個人餘光裡垂下
時間從不停靠
暫停的人喊出了暫停
所有靈魂
都在夏天理毛
一隻隻被過去了
一隻隻散掉

更美好的
麵包離開了烤爐
更美好的
有人點煙斗有人彎腰
更美好的
與冰淇淋融化的人拿起餅乾
餅乾一口一口

回到屑屑
我說我們都忘記了嗎
曾經一起追逐屑屑
的美好觸鬚
已經接收不到來自本來星球的最
後訊息了

爬到窗邊
天氣還好我們說
還好明天還好
我還感覺得出來

你只是整晚整晚看著我融化

風暴
中央的人不太在乎風暴的事
暴雨從早到晚轟炸
有人撐傘
有人跑步著躲
專業的氣象人員說明天就是晴明了
我不知道
不知道看不看得見

客戶想做四種廣告：
「需要愛情一定要刷卡；
　保存親情買些保險吧；
　基金有助於儲蓄；
　想創業嗎？來吧來吧貸款。」

人一生
都會遇到的
讓我幫你
讓我幫你

暴雨從早到晚
加班至今，路燈昏暗著想睡
蝸牛走岔熟悉的軌跡，和氣味越離越遠了
我們在柏油路上不是誰的錯
我沿暗夜小巷一路避不開踩碎的那些蝸牛
清脆地 ——
一顆一顆正緩緩生活的鮮活靈肉

對不起　抱歉
對不起　抱歉
他們在柏油路上不是他們的錯
無從避開也不是我的錯
影子都在回家
那是一個被拆開過的字

鷹與蝶

一隻老鷹被閃電所擊中，墜至花叢中，幸而未死。

一群蝴蝶在老鷹身邊盤旋，其中一隻蝶說：「看呀！多麼奇怪的蝴蝶？」鷹反斥：「我是鷹，不是蝶。」另一老蝶在雛菊上飛了兩圈表示反對，很有智慧的說：「這世上怎麼可能有非蝶的有翅動物？你一定是蝴蝶，只是被惡魔附身了，所以才如此怪異！」其他蝴蝶也齊聲附和，老鷹哭叫地說：「我是天之驕子，我是鷹！」「唉，可憐的孩子，你一定還不知道自己遭遇的劫難。」那隻代表智慧的蝴蝶反向在雛菊上空飛旋，繼續說：「放心吧，我們會照料你

的。」

　　「長老，他……他長得並不像蝴蝶呀！」一位非常年輕的蝴蝶顫抖卻還是膽大的說了。所有蝶都驚訝的看著他—那隻年輕的蝴蝶，智慧的長老說：「孩子，你年紀還太小，不懂，這世界有多麼大，蝴蝶有上萬種，以後你就會明白了。」

　　眾蝶離去，那隻年輕的蝴蝶徘徊在鷹的頭側，興奮地說：「我相信你是！鷹，是怎樣的世界呢？」鷹渙散的雙眼從地上移開，在那隻蝴蝶身上遊蕩了數秒，仰首，說：「那裡。」年輕的蝴蝶隨他仰首，看著常常仰望的天，及天之藍，「你是天上的使徒嗎？為何我從未

看過你呢？」「我們太高、太快也太遠了。」「以前我只是猜測，媽媽常罵我不務正業，只是妄想，鷹，是怎樣的世界呢？」「那是能夠盡情翱翔的地方。」「我能到達那兒嗎？」「只要你從高處而下，就一定可以得到喜悅。」鷹絕望到不想理會年輕的蝴蝶，年輕的蝴蝶對鷹微微笑了，而去。

自從年輕的蝴蝶想要爬上崖壁，但卻跌落谷底以後，就再也沒有蝶來探望鷹了。

蠶寶寶

曾在一場演講中聽及一位女詩人談論：關於我們生命中最早的遺棄傷害。

那股把蠕動卑微的肉體看作不存在生命的遺棄快感。

蠶寶寶。

「你們還記得蠶寶寶嗎？」

「每個人小學的時候可能都因為自然課，被要求養蠶寶寶吧？」

「就是那一隻一隻軟綿綿蠕動著卻有點可愛的小東西，你需要定時到河堤邊採摘桑葉餵食它們。然後一天天看著桑葉一口一口的消失，看著它們一點點長大、拖皮。它們算是我們最早餵養的

寵物了。」

　　「我曾想過在我生命裡，最早關於『遺棄』這個令人心碎的命題究竟開始於什麼時候？」

　　「我想到很多隻偷偷帶回家養的蝸牛蝌蚪、青蛙蟾蜍、貓狗兔子老鼠。但是隨後都會被家人發現，然後淚流滿面的將牠們拋棄於田野荒原的生靈們。唯獨想不起，也沒想到蠶寶寶也曾經佔據我小時候幾乎全部返家的生命時光中，日日肥大，最後從嘴裡吐出自己靈魂般，將自己團團包覆，成一顆顆圓滿的繭。」

　　「不知道為什麼，繭破之後的蛾就沒那麼可愛了，大家似乎也沒那麼喜

歡。」

「但是會否有人還記得，那段全學校每個人人手好幾隻的蠶或蛾，因為自然課的結束，最後都到哪裡去了呢？」

「說實話，我也想不起來了。它們全然被遺棄，甚至被我們的記憶給遺棄。」

猶記得自然課設計養蠶寶寶是為了讓小學生初步觀察「完全變態」的過程。即一個生命如何從卵到蠶；從蠶到繭；逐漸脫皮；從繭到蛾；蛾產卵再孕育出蠶，一整套完整的「完全變態」。每天要寫觀察紀錄，老師則依據那份紀錄打學期分數。

我只想到我小學那時候，非常討厭自然課。

　　每次一到交作業的時間，我都會被自然老師臭罵一頓，最後的分數也很低，其他分數再高也沒用，沒有翻身餘地的都為此跌出十名之外。身為教師的母親十分介意我的名次，成績單發放回家要求家長簽章都是我最痛苦的時候，務必清晨起來，跪在父母床邊一邊嚎哭一邊祈求母親簽名。

　　日復一日，我逐漸將一切都歸罪於自然科成績。

　　因為我始終無法完成養殖紀錄。

　　全教室的同學一起向廠商訂購每人

三隻蠶寶寶幼蟲，大家起步都一樣：摘採最肥美厚實的桑葉（但是桑葉上不能夠沾有露水，所謂「鮮嫩多汁」反而會招致蠶寶寶脫水死亡）、提供最適當的居住空間（提供長期燈照可以催生蠶寶寶的成長速度和品質）、隨時觀察蠶寶寶的身體狀況（如果有一隻生病會迅速傳染開來）、抓拿蠶寶寶時候也要十分小心（手指太用力它們就扁了）、保護蠶寶寶（隨時注意螞蟻蛇鼠的入侵可能）等首次感受到照顧一些幼小生命的無奈和喜悅。

那時候小學二、三年級的我把最初開始養的三隻蠶寶寶各自取了名字，為了怕喚錯，還用螢光筆在身體上記號。

叫做什麼名字我現在忘了，其實後來沒多久也都忘記了。

那三隻蠶寶寶先後進展到吐絲結繭階段，眼看下步就是「破繭而出」。

我卻一直等不到那日子到來。

蠶繭彷彿被時空暫留一般，只是靜靜地越來越空靈。過了將近一周，我搖蠶繭時，還能聽到裡頭空隆空隆的聲音，但就是了無消息，它們都像被凝結在那時光之卵裡頭了。

在我幼小的印象裡，除了同學從家裡帶來學校的飛蛾以外，我在家裡沒看過蠶變化成蛾的樣子，更別說過程了。

此後我不屈不饒（也因為紀錄無法完成），前前後後養了數十梯次的蠶寶

寶。幼蟲、蠶食、脫皮、吐絲、結繭⋯⋯
就是沒有飛蛾流竄。我沒有體會過蠶寶
寶全部的生命過程，沒辦法全程參與
「完全變態」的自然之美。

其實在那當下我恍然有一種遭受背
叛的悲傷：「它們並不願意在我眼前展
現全部的生命⋯⋯」

我將這兩則故事講給妻聽，她卻
說：「可是養蠶寶寶對我來說卻是災
難，那時候簡直可以轉行當一個專業蠶
戶。」

「小時候家裡不准養動物，蠶也一
樣，我都偷偷養在鉛筆盒裡面，儘管
自然養蠶課結束了，我還是繼續養著

他們，不像大多數同學將它們往垃圾筒丟，我想等它們的生命自然終結，才算結束這段責任。」

「有一次一個同學把我叫住，給我一個透明塑膠袋，裡面有兩隻飛蛾，要我幫他養，不然他也要拿去丟掉了。」

「我不以為意地拿來養，那時候我手上還有兩隻蛾，也是同學不要的。」

「但是災難就來了！沒想到那四隻蛾特別會生也就算了，原先塑膠袋裡有無數顆黑黑小小一粒粒的蠶卵黏附在桑葉上我沒注意到。沒幾天鉛筆盒裡面就堆積了蠶寶寶幼蟲！不誇張，有兩百多隻！陸陸續續死掉後也剩下有一百多隻！」

「為了這群從天而降到處蠕動的白色軟綿綿東西，我偷偷利用學校的社團倉庫養它們，沒想到越養越多、像是永無止盡一再湧現。每天我都為了桑葉勞碌奔波，甚至坐火車到高屏溪邊去找連綿不絕的桑樹。半夜偷偷去摘滿滿一整個背包。有一次我帶了一袋每片都非常大片的桑葉回來，才一放下就被啃食乾淨，馬上就見骨了！」

　　「想說，不行，有一天我一定會被吃垮。將他們分開成一小盒一小盒來養，還一隻隻分出公的母的，花了我一個禮拜，那一個禮拜卻又生出幾百顆的卵！」

　　「我那段等著它們生命自行終了卻

無從控制的歲月中，那些逐漸增強、感覺非常噁心的那些白軟動物們，卻越來越多，無邊無際，甚至我還會作惡夢夢到它們布滿我的身上……」

「那陣子我多想，結束這一切，請它們徹底消失。但我又不能拋棄它們，它們是如此無辜又無助。」

「但是……你知道嗎？那顆顆濁黑堅實的蠶卵，當你用指甲尖端將它們一顆顆戳破，啵啵啵、啵啵地，你欲罷不能，無法停止的產生更多、更多的快感……」

果菜汁

我敞開豐腴濕潤的胸口
那瑰麗的夢中燈塔
在沙漠激凸的綠洲
而他們終將徹底愛上我

那一堆深愛我的各種雜碎
按照瞳孔顏色一字排開
依序丟進果菜機
就地旋轉

橘色是葡萄是蘋果更是荔枝
（都附贈完美無瑕的籽核
　　但我不要西瓜和
　　鮮紅芭樂）

棕色的鳳梨，麻豆文旦的
粉紅色的香蕉不忘剝皮
一直噴出汁液

擦都擦不完
越愛
越腐爛

城堡

異教徒終於攻陷這片平原
異教徒個個一米四二、一米四五
他精打細算
他斤斤計較
測量異教徒實地踏上的寸土
這片平原
他以為他正逐一佔據

異教徒找不到一滴水
這裡已為沙漠，中心有一座島似的城堡
沒有門戶和窗戶的孤島
沒有水源異教徒也會乾涸
汗滴、淚滴都不為沙漠所接受
城堡在陰暗中默默長大

異教徒鑿井，向往地心
挖刨一個個年久失修的土礫
都是心碎的名字
打在異教徒的皮膚一條條傷痕
打在沙漠的心上一道道裂縫

被綑綁著行走——

入伍記

我坐下時
時刻表
慢了下來。

看見，扭曲的聲音
車站月台仍舊
未離席的高級列車
塞滿車窗的臉容好奇打量我們
他們都有不同的車票和港口
衣著光鮮
頭髮蓄得很長
密閉窗邊擺放的咖啡熱氣
染暈了所有角落

我們，一塊 4 * 4 並列的方格
只有同一地點可供抵達
只有同一
坐在這裡

成為方格被迫的原因
入伍一群新兵
無人要求
卻已經靜肅蹲坐沙石磚月台
垂低頭顱不願看見
喧鬧的注目
將整張臉都躲進
鴨舌帽背後

他們正看，他們正看著
這群過度想隱藏
將被滯留的
青春們，竟皆頹然垂萎

其實我想到更多，關於車站
1916 年的柏林
1937 年的南京
也是兩種顏色

繁華和廢墟

遠方的戰事膠著
砲聲打不到這裡
卻擊中新兵的心
閒問太多的戰場
即將在我們眼前，展開
就像捲軸那樣
但昨晚的霓虹燈卻光怪陸離
令人分心

我們將握緊槍把
學會迅速上刺刀
殺死對方
甚至要包裹過度炎熱的青春或純潔
學會無情和假裝
下一刻
將被扣押在三十公分見方的坐墊上

奔赴傳言所津津樂道
並花大量生命描繪的
斯達林格勒聖戰
與戰壕們

我們這些少年
年輕卻空洞
眼窩像打出的子彈
成為一具具英雄們胸前
晶亮勳章的絲帶
或反戰題材

盤坐，時刻表已慢
我以為這就是灰硝戰爭
劇台在繁華色彩的包圍裡
每個新兵垂低著頭顱
我們完全不知道
既定好的終點

有多少，未知戰事
是否真的需要我們
有多菜就有多菜

自由世界的列車緩緩滑出去
從眼角餘光，地下車站更突顯
空懸待命的鐵軌
更加幽黑

我目送剛剛那列
所有車窗的眼瞼
咖啡杯緣和臉頰
我目送歡樂電影
之後，也成為靜肅方格的一員
與他們等待
屬於自己的
「直達專車」

整頓輕盈的行李
漸次規律地
登陸遠方
被許多人渲染的戰況

時刻表慢而；復快；又正常跳動

我知道祖輩的戰事停歇很久
那些嘶吼與撕裂
將不會遭遇了
但我們這群
並列著的方格們
灰白情緒仍如此清晰
那將是一座
不可知的唯一停靠站
儘管可能是
人生中唯一
一次

沒有阻礙的直達車

有些富含冒險精神的人們
能夠無須換氣地
通向鐵絲網內的鐵軌
有些咬指甲
撥弄細短髮根
緬懷上一刻的混亂
列車拖曳著靜穆
直達島嶼最南

等委員長來過後　　就可以去吃飯了

清晨起來我們將繼續坐在那裡
沒人過問昨夜驟雨的節奏
只有鬆脫的營釘和三角帳扭打爭辯
爛泥巴數倍附著在腳步重量靴底

有人從山崩現場爬了出來
一邊啃前天的麵包
重新繫緊鞋帶並擰轉
試圖甩出全身的濕
卻踩了更厚的泥巴坑

他想找幾片翠綠的葉子
稀釋踮高的腳跟

從一頂頂山崩處走過去
盡是土石流的顏色

還有餐車會從唯一入口轉進
他們會發起一再訓練的備戰姿勢
齊聲呼喊響亮口號：
「水來了！我要水！」

總會有長官誤以為便當旁邊都是泥巴
然後用食指命令我們清洗乾淨
「打開車上的水桶！」
肩上臂章油得發出太陽光

午睡以後我們將繼續坐在那裡
沒人過問地上那灘水是怎麼回事
全副武裝正襟危坐
等一下　餐車就會來上發條

　　當兵時候所待的營區極為老舊，我
們是最後一批移防過去的單位，等到
轟炸身體般的半年訓過後，這營區即
將被拆毀。

　　一個營區總計有六、七個單位，
共用一個車輛保養廠，車廠面外處是
仿若古希臘神殿一列列高聳大柱約三
層樓高：一面以高柱撐起向外敞開，另
面是拔地而起的高牆，範圍頗寬，足可
容納十幾台悍馬車。老舊而到處斑剝
的白漆，以及某些長年漏水處已因水
滴滲透累積凝聚鈣化而成鐘乳石垂下，
及石灰岩屋頂隨處交織的蛛網和地板
隨風不時揚起的灰沙，構成整個神殿的
荒漠或又似貴州某處極深冥洞窟印象。

車廠後方一條兩只腳掌寬的水溝，作為營區內最後的汙水聚集處，圍繞著營區鐵絲網四面，直通而外。每逢大雨則阻塞積水，那次強颱滂沱，終於潰堤，將神殿漂浮起來，成為某種孤島，幾個留守的阿兵哥只得救災，取臉盆水桶將水舀走，將神殿救出來。

車廠孤立於其他房舍之外，沒有水源沒有廁所，這條水溝有時也扮演著多元化功能，除卻偷閒阿兵哥大便蹲在邊緣，眼神迷茫著抽菸，有時亦可見他們頂出小腹，一副歐洲噴水池悠然，嘩啦啦著或淡或深黃液，優養化那條水溝。

水溝納百川，那亦是一整組精密DNA 般的生態系：細小大肚魚群、附

著溝壁的靛紅色螺類、浮游孑孓和蝌蚪等，最令人乍舌者莫過於其中也孕育了一隻螃蟹！

　　起初只聽過少數幾個巡弋那段水溝的哨兵提及，我還半信半疑，某次一場早飯空閒時間，我想找個偏僻處抽菸步履至此，見同袍來回疾趨，看我出現時一臉驚喜卻又刻意壓緊音量說：「快！快來！螃蟹！」我嘴角菸頭還未點燃，快步上前貼著水溝邊緣朝下一探，果有一隻巴掌大的豔紅螃蟹正蹲踞角落，一口口吐出氧氣泡沫，牠似乎也耳聞岸上來回紛雜的腳步，左右一大一小二螯貼在腹下，不動，喬裝礁石。

　　同袍附身在我左側焦慮又興奮低

向，就像二次大戰那些層層疊疊關押猶太人密室的德軍 SS 納粹黨人；亦或中東激進什葉派狂熱教徒對一小群無武裝的庫德村落之包圍，那些徹底換軌的改變。那刻我也類同那些訕笑群族，不自知且不自制地把自己當作雍容的主義分子，假裝金字塔頂端那些衣著光鮮西裝筆挺，始終昂首闊步鞋底硬皮鏗鏘有力，眼裡容不下一粒沙塵隨時隨地號召「正義」的階級，世界正迅速排攏成階梯狀，我也變身就像《變形金剛》那些平庸車輛幾個畫面切換就變成拯救地球的巨大超人那樣，成優勢的族群，揮霍著操弄自然間另一生命的權力，張揚舞爪的激爽快感。

在營區裡，我們出操時常會因為各種莫名的等待而無所事事，集體蹲坐在草芒上，壓歪扎股的高芒。這時你若前後左右觀察你鄰兵們的各式動靜，除卻那些低頭閉目乃至睏倦度咕，下刻將被班長叫起斥喝的不識時務者之外，絕大多數人都在扭曲、凹折甚至拔除眼前或高矮胖瘦的雜草，而這大多數中的多數，更可能會因為發現闖入領域的蚱蜢螳螂螞蟻六足八足節肢雙目灰塵般的昆蟲而專注，腦海重播演繹著「動物星球」頻道那些長鏡頭焦距生物學，他們定然會將牠們困陷於腳邊一方之地不能脫走，任意隨喜地逗玩，進而虐殺。但若你側身探

詢其中一人那些行為舉止，他們則會更加困惑地說：「我爽呀。」然後持續因無聊而衍生更多獵殺。

巴掌大的螃蟹在圓飲料鐵桶內只限些微轉身的空間而已。我取來一只粗木幹探進去那幽穴逗玩牠，享受這得之太易的權力快感。那蟹亦注意到眼前搖擺的敵人，且這一敵人還不時靠近戳弄腹部柔軟無殼保護的敏感地帶。一對大螯張開，蓄勢待發渾然有力，螯頭鉗爪分成Y形，緊盯木幹試圖後退，但狹隘空間不容蟹迴轉避讓，右螯大如消防板手，時不時在我刻意減緩晃動頻率時奮力揮擊，右勾拳！再一記！偶爾伴隨左拳輔攻。八只毛

茸茸長腳步伐靈活，敲在鐵桶邊上叮噹亂響，那原本該是這螃蟹揮擊敵人，就像拳擊打落對手牙齒噴出的高亢墜地聲。但盡是徒勞，零星的金屬聲響更顯悽愴。那隻螃蟹以為所面對的敵人，實際上並非真實的敵人，這比薛西弗斯的徒勞更讓人譏笑，但牠只是一再揮螯，就在牠判斷敵人已疲動作慢下來足以一擊必殺瞬間……

左突右進、迂迴繞進、聲東擊西、虛退實進、直搗黃龍……等，喔抱歉，我說的是我所操控的那根粗木幹。木幹表面些微已有因蟹螯夾握而斑剝的細屑和凹痕了。

全程同袍在一旁俯視，沒多久我

將木幹遞給他，興致索然地說：「你要不要試試？」他將些微挫傷的木幹端在手上，直盯著圓筒內不知何故，就像拳擊賽敲鐘歇場蹲踞著，左右螯足埋於腹下的蟹。「不了，我看看就好，你等下還是把牠放了吧！被別人知道準會被玩死的。」

「也是，我待會就把牠丟回去。」語畢，我也蹲在圓筒冰冷的邊緣，點起了菸，一邊直視那隻螃蟹背甲上凸出的兩只混濁灰眼左右旋轉，我不知道牠是否能看見隱於濃淡煙霧後方，與牠四目相對的漠然的我？那刻我真的由衷想說，這根菸結束後就放你走吧！

於霧才吞吐一半，身後傳來車廠技工三三兩兩的談笑聲，我不禁閃過「你宿命到此了」的嘆息情緒，救不了你。一閃身被其中一人推開，四個人圍繞著圓筒品評不休，爭論該將這隻螃蟹養在哪裡或螃蟹是吃什麼維生等煩雜瑣碎議題。

　我熄了於，只是輕描淡寫地起身，離開現場。

　晚上輾轉從其他人的閒聊中，聽聞那隻螃蟹將自己粗重的右螯硬生生夾斷。

　「就像斷尾求生啊！斷尾求生，你知道嗎？」

力夾緊都無法使其窒息的偉然巨人歌利亞般之敵人，感到倦怠和厭煩，甚至不太願意再縮緊螯足肌肉地像瞬間收攏剪刀一樣用大螯夾碎對手。那次，一個脾氣敗壞的同袍奪來粗木幹，百般戳弄螯殼上凸起的眼球或裸腹，螃蟹均懶於回應，只象徵性亂敲八條毛足，試圖在狹隘圓桶內周轉出喘息的空間，牠是否也已看清這一波波忽上忽下的攻擊似乎沒打算取自己性命？更像是……更像同類間過度扭打的嬉鬧，某種逗弄（牠知道了嗎？那種以翻滾反應雙手曲擋臉前假裝啜泣抗拒一次次欺辱的早熟；或乾脆佯裝丑角癱坐在泥地裡渾身汙泥令人不敢靠近，

四周不斷高亢的歡笑的那種「被玩」的本質？）「我也不過是個套上齒輪的玩具，他們不敢怎樣。」

「幹令良咧！」脾氣敗壞的同袍禁不起一隻螃蟹的漠視，尤其這些無有反應的對擂更令他在同袍面前毫無面子，「啊你會不會啊！」「牠剛才超猛的！我差點給牠夾斷咧！」這些可資炫耀的啃瓜子閒聊自己卻全然無法參與的憤怒，啪噠，他高舉右手猛一揮下，重擊蟹螯和軀體連結的根部，「喂！不要玩殘了！」附近同袍趕緊上前制止，卻只見有半個軀體大的巨螯半垂半斷的在身側晃蕩。

我復回此處時正好看見木幹重擊

和幾欲斷裂的蟹螯，才剛轉過頭想找個人問究竟，一聲驚呼，匡噹輕響，那節巨大蟹螯整具斷在鐵桶裡面，某個一直盯著牠的同袍驚呼：「牠自己把螯剪斷了！」「就像斷尾求生啊！」我不太相信，在這沒有轉身餘地的圓桶底，牠能求生到那裡去？

　　螯臂斷裂缺口沒有血液流出，一小片蟹肉雪白裸露在紅殼外。隔天早上我看見斷臂被隨意擱棄在水溝旁，那片肉白已爬滿了掠食的黑蟻。我將那隻螃蟹倒回因下雨而逐漸漲高的水溝，看牠滑入水潭，直沒不見。其實我悲涼地以為，那蟹已活不了太久了。牠或許也將成為這座廢墟神殿後方蜂

巢般生態系宇宙皺褶裡，另只正常不過的犧牲品了。小說家駱以軍在＜神殺＞中敘述那一場場永無止盡且不斷ＮＧ重拍的屠戮：

「被殺者和殺人者同樣筋疲力竭，這時你感受到每一個被劈成兩半的人體不只屬於他自己的生命，且屬於整個全體。刀一砍下，曠野上擠成一團的整體便發出一聲模糊呻吟。那竟像笑聲。這可怪了，馬背上砍人的，滿臉是淚；地面上被屠戮的確被一種恐怖的笑聲所控制。」（《西夏旅館》）

螃蟹沿溝壁滑墜湍急水溝，那不斷被調慢的幻燈片時光中，我彷彿聽

摳皮

老舊寢室通鋪近幾日據聞有老鼠，更有人表示內務櫃裡的食物經常被咬破缺口，更甚者有人說，夜晚一覺醒來，手腳指尖皮膚俱被某種嚙齒類啃食而一片一片失去表皮的內肉裸露，粗糙內肉之下血絲清晰可見。

上周末幾個袍澤帶了數包磁磚大小的黏鼠板，試圖捕獲一再蠶食皮膚角質細胞的那些嚙齒生物（有些人則猜測是壁虎蜥蜴等油滑背脊生物，一面喳喳亂叫由草食性突變而為雜食；有些人認為是拇指大的蟑螂潛伏各陰暗角落只待夜深人靜全官兵進入同一緩慢呼息時，盡出；亦或滿巢因為尋不著可供囤積食物，因而出此下策包圍、啃食人類中

指無名指先果腹一番的紅螞蟻；雖說大部分人認為只有老鼠才可能有此殺傷力。）儘管反駁者強調老鼠體積過大，怎可能半躺半臥在你身邊，吸吮嚙咬你的指尖如戀人深夜不寐的撒嬌般令你沒有任何防備，續航舒緩沉睡？更何況此類有齒生物，是怎麼能夠準確分析指尖的表皮深淺，將皮膚啃咬殆盡卻又不會觸及痛覺神經誤觸警鈴般血染被單，甚至驚醒枕邊彷彿泡在美好羊水時光裡的另一寂靜生命？這是何等精準地區分了皮膚－內肉－血管－神經的一套切割手術，而且該是多麼溫柔地如吸吮母類的乳頭啜奶那樣一幅祥和畫面啊。

　　不論「它」是什麼，都要等到每回

早晨起床摳弄那區塊，才逐漸質疑那些傷口是如何產生，外力亦或自己睡前咬指甲手皮壞習慣使然的痕跡？傷口在悄然之中，在我們都無意識的某場四度空間底，被成形、被擴大，我們並不知道原因，可能更因沉溺其中，而不曾知覺。

　　他們在黏鼠板中央附著過期的半塊餅乾，擱放在床下、鐵櫃邊、牆角各處，一夜無話。

　　隔晨天色還透出餘光，一大早我就聽聞四周同袍討論兩隻幼鼠入甕。趁閒我也過去一探：不過半塊蘇打餅乾大小、毛皮尚未長齊飽滿、皮膚也是一種透明灰色，半側軀體已黏附在黏鼠板裡

面，另半側能動的前後足爪不斷揮動，在透明灰中明晃晃黑冥的眼球四方翻滾，卻沒有任何一絲吱叫。

而那兩片陷阱隨即被移到了屋外，我由上而下睥睨它們，正有人不時將燃盡的菸灰彈斗往它們身上，或是餘溫刺激的緣故，幼鼠抽動前後足的頻率加劇。有一同袍甚至將菸屁股還在燃燒的餘燼直接戳進某隻幼鼠尾脊處，瞬間高溫燙的那隻幼鼠試圖向前爬行，我彷彿即將看見它扯下另半邊的自己，血肉模糊內臟滿地的揚長而去，鑽入某個無從被侵入的縫洞。但它們還是被牢牢黏著固定在那裏。而我也從來不知道，幼鼠黑夜般圓眼微凸，竟能如此顯眼，尤其

在那只能機械性抽蓄的當下，你必然和它四目相對，無法挪開。

想起法裔小說家莒哈絲（Marguerite Duras）描述她觀察黏附（同樣無從逃脫的死亡宿命？）牆壁上「一隻普通蒼蠅生命的最後幾分鐘」：

這只蒼蠅，我看見的這隻，它死了。慢慢地。它掙扎到最後一刻。然後它完了。前後大概有五分鐘到八分鐘。時間很長。這是絕對恐懼的一刻，也是死亡的起點，朝向別的天空，別的星球，別的地方。

我想逃走，但我同時對自己說應該朝地上的這個聲音看看，因我曾聽到一

隻普通蒼蠅死亡時那種濕柴著火的聲音。

　　有一次，一位友人可能喝多了，向我描繪她如何虐殺她所養的那隻貓：

　　「我把她四隻腳都綁住，用那些買便當留下來油膩膩的橡皮筋一圈一圈纏緊。聽見她越來越尖越來越急的哀鳴，不知道，我感到非常的憤怒！隨手拿起桌上的竹筷子，戳她，戳進她的喉嚨她的鼻腔她的肛門和生殖器，所有有孔洞的地方都往裡面戳。但是我很小心沒讓她流血，流血就太噁心了，而且我好愛她，不想她受傷……」

　　「但是，馬的真的好賤！之後我

的貓還是會跑來跟我撒嬌，用她的頭摩擦我的手背或腳腕，晚上安靜無害地熟睡，彷彿什麼都沒發生過似的，但這樣只會讓我更痛恨她！日復一日，我用新的方法凌虐卻不讓她受傷，卻仍然在每天進食的固定時間裡，她會跑來撒嬌……」

「我把她養在陽台關在屋外，任憑春夏秋冬風吹雨打。但我又真的好愛她，她是唯一依存我的生命了，我知道沒有我，她就會活不下去。某日我在房間，聽見一段很尖很細的長叫，跑出來一看，原來那隻貓可能想跳上陽台邊的護欄，卻從十樓高處墜了下去。我趴在護欄邊，看見三樓陽台邊緣一坨血紅，

緊的驚艷夢境，甚至和我們爭得面紅耳赤，某個小他二十歲的小三到底適合哪款性感內衣才更能襯托出她青春美幻的實體肉感和凹凸弧線？我們不只一次在背地質疑中年排長他那比之女體更凹凸有致的刀削臉孔、濃眉及油膩捲髮的女體妄想症。但卻又時常看見他耳夾手機，日以繼夜地談笑歡愉十分小兒女神態。某次中年排長拿著手機，以拇指遮住螢幕上半緣，問我簡訊中的某串英文字義：「I miss you, I need you here!!!」然後輕快的躍回寢室。

中年排長一手一團濕淋淋的衛生紙走到屋外，瞥一眼兩隻半透明猶在掙扎的幼鼠，是時已近中午，太陽烈焰般蒸

發了所有雲朵，但兩鼠就像早晨那樣模型沒有任何變化。我看見排長手握猶滴水的紙團，滿臉日本電車癡漢猥褻模樣（浮現他所玷污的女體），輕蔑地對他說：「排長你也要來玩啊！」

「不，我要悶死它們，減輕它們的痛苦。」

我不知道每次周末休假排長匆忙趕赴情婦或另闢新徑時，他那遠在台北盆栽般的妻子，是否正打理家務照顧小孩慢速過著冗長的灰調一切？她（又或者也是位小二十歲的「嬌妻」）曾否知曉中年丈夫在外流連於各式美妙女體自助餐，將婚前婚中篤定的誓言調暗？而那（假若她知道了）是否就像搗弄螃蟹的

粗木幹;戳擊貓體的竹筷那樣,被小心
翼翼呵護著不讓嬌妻受傷(不能流血)
的傷害?那被一層一層緩緩剝咬下來,
毫無痛覺和感覺的表皮。

　　但那刻我看著中年排長親自走出
來,肥胖身軀彎腰,將飽滿自來水的紙
團輕覆兩隻幼鼠頭顱,整個溫柔過程,
我始終呆立一旁。

幸福的

（一）
豬
充滿了幸福

（二）
古早有大野狼
豬要學會蓋房子
現在多麼幸福
野狼都絕種了

不需要太堅固的房子
房子隨時會被吃掉
越住越小
還要準備搬家

豬豬們
逛街散步手牽手
最愛在泥沙打滾
空氣裡都是泥沙

在街上在天橋在地下道
在欄杆在拒馬在圍籬的周遭
吃零食喀擦喀擦睡著
在該排隊的地方出現

吃掉等候
吃下更多給予
和奉獻
胖夠了被殺
還沒胖的
繼續

我夢見有一座牧場

我夢見我有一座牧場，養了很多頭羊身人面的動物，俱是我的子嗣，面孔樣貌與我極像。都在一片盎綠平整的草坪上跳躍，偶有些淺淺的洞窟和樸灰的石頭，也無礙他們嬉戲。

某次我外出長久的時間後，歸返。看見另批羊群布滿我的草原，有些似乎是第一代羊群的後裔；另些面孔我卻全然陌生，已非我的投影或複製。我所熟悉、得以辨識的第一代羊群，竟只剩一隻。原來牧場不知何時收養了一頭老虎，其他我的小孩悉數被其吞噬，一天一隻的消失，沒有悲鳴和掙扎；沒有選擇和逃亡，只剩最後的他終日捲曲幽

黯洞窟底，時而探頭張望又迅速縮回。

　　牧場在我離開的這段時間對外開放，為了吸引遊客前來而將電影《少年PI》片中那隻眾萬人喜愛的老虎引入，儘管每晨均血淋淋大口吞嚥我的子嗣。遊客都不以為意，弒殺暴虐情節對映周圍人們臉上笑靨、手捧各式零食的觀賞。老虎牠太有名了，受人喜愛。這一切都是理所當然，不會留存絲毫憐憫。

　　我趨前，手舉利刃刺入撒嬌在觀眾懷裡的老虎，全場人獸動作一律暫停，不可思議般驚呼和訝異中，我一再抽出更一再刺入，老虎哀鳴掙扎，渾身鮮血烏黑滾熱。

可能下次就拆除我們

每棟屋子
零零落落
都有他們的間隙
每個鬼都懷著記憶老去
香水吹拂窗櫺
走過
許多街道
也還沒到過

他們都沒說要去哪裡
他們

都留下一塊骨牌
在下水溝排列長長的故事
有水流出城市
有河流
有江海

一杯水放太久
就變鹹了
面對世界著枯萎
大家厭倦
都預定好照相的姿勢
為了不要輕易忘記
排練打哈欠
再一次　再一次

收集寶特瓶
我們期待腐朽

他們說這不算是執著
下次可能
在城市裡頭
培養皿不斷地繁殖老人
都隸屬於記憶
記憶都老了
老了

也就很難看得見了

他呼喚過我的名字
他走過
碰到我的衣角
零落零落
在各個城市角落
躲貓貓呢

嗨，台北

嗨，台北
我從未記得你的模樣
當我小時候初次見面
你是家到學校
或是更遠八個硬幣可以掌握的形狀

我逐漸長大
越多人教我，你叫做「我的故鄉」
但我只知道
我是我父我母一點一滴孕育的葉子
在阮 ê 土地飄泊

嘿，台北
當我去過新加坡和上海
我從未思念過你
那裡真像你的模樣

只要我駛車
一定會迷失在你體內
台北，你知道吧
你的內臟衰竭血管堵塞
一如你懷中勞動的人們

當我離開你的懷抱
向未來介紹我的故鄉，我會說
「您若有機會踏足那裡，請以您的
雙腳和口罩感受我的故鄉，
和你的鄉城類似，
不要問我樣貌。」

一日之計在於塵

我打卡
我納稅
我塞車
搶一道道黃燈
我擅長鑽營
很多人也像我一樣喜歡車陣的縫隙
閃避鑽來的車也希望你們願意閃避我
我機車拋錨在路中間
和整座城市的排氣管一起嘆氣

一日之所思所慮

我搭捷運
在人堆裡被推、也去擠別人
肉與肉們
汗與汗的共享
我打卡
我納稅
在捷運上睡
過站過站
只好到對面月臺再來一次

方

　　從一個盒子走入更小的盒子裡。坐在別人也坐過的盒子上，揭開筆記電腦，遊覽我所存在的盒子以及其他大大小小盒子的八卦。聽鄰桌大聲歡笑，我啞巴似的買了張訂單，預約下個月及下個月再下個月的機票。之後從小的那個盒子走出來，等待下個月的第一次起飛。（將會知道只是跳躍。）

去過了很多地方，又回到了最初的盒子。我兩手扶著櫥窗氣喘不止，抬頭看見水族館的魚，我走了進去。老闆娘和藹的向我步近，聽她介紹各種魚的習性。（喔這水族館還不小。）忽然，我大喊一聲並叫她重複剛才的話語，她先訝異一會兒，隨即笑道：「這尾鯽魚前天才捕獲，別看牠這樣沿著水族箱四處遊走，不時還會撞上玻璃窗，過幾天待牠習慣了，就會平靜下來了。怎麼樣？您想要買嗎？」

回家以後，我夢到我把水族館裡大大小小的魚缸全部擊碎了。看著一條條飛出來的魚，很奇怪，最後牠們還是在水族館裡死去了。

**冰
塊**

我其實也
不知道源頭

就像打洞機那樣
一塊　一塊
定型的模樣
匡噹沒入玻璃杯底
最敏感的晶體

我還有很多
同時被複製的兄弟
與氣溫本能
節節攀升
擅長與熱能交合
適度敏感
在汗水中消失

大家都很安靜
沒有吶喊或抗辯
不奢求多餘的時間
不太探究
玻璃杯和小宇宙
外面

終於被注滿
　　享
　　　　受
漂浮的世界
然後同流

同流成一
靜止的恆溫
我是他們的兄弟

剝柚子

彷彿正在面對以為已經完好如初的傷疤，拆卸那早就侵入穩穩扎根的紗布包裹。

我曾因為長期腳溝炎不理會，指頭都發炎潰爛、血濃交雜每每渲染那些襪子，不堪入目，無法再忍，終於去開刀。

手術後包了一大塊紗布，因為地心引力加上自身重力或壓力種種影響，血水還是會一直滲出，斷斷續續從未停過。

一周後要拆卸紗布時，純手工DIY，只求短痛而沒耐性的一把將紗布抽掉，因為長期浸泡在血水裡，棉絮彷彿從紗布上滋長的菌菇一球一球早就深

根在皮囊裡了。

當我自以為傷口已經結疤，迅速將紗布抽離傷口時，沒想到正是因為傷疤已經結成的緣故，傷口和紗布幾乎成為一體，那原先為了保護傷口在癒合的過程中，不受外界干擾和侵蝕而包覆的紗布，因為我的揭開、我的急切，反而將內裡所有果肉一齊翻湧突現，血流不止。

剝柚子的過程一直讓我想起這幕，儘管那幕是血濃像從堵住的排水孔湧出的汙水一樣濃稠和混濁。此時，只是剝顆柚子。

我試圖想完成一條條豐滿的柚子果

肉，而不是根根像花蕊的汁囊散落在盤面，那果肉在盤面可以呈現一扇型、飽滿、擁有生活僅存的美好餘韻的感動。

我不想要他們也散掉。

或者汁液橫流，像個潰敗的詞彙。

所以，需要極具耐心，剝離片片瓣瓣，以及根入果肉菌絲般的瓣瓣。一使上勁、一個拉扯，就會散掉。

而用力的話汁囊更會像那些氣泡紙包裝一格一格爆破，且噴濺汁液。

我們還是附著於這街道

我們還是附著於這街道
並排行道樹
偶爾揮別對方晚安
跨越逐日年邁的號誌
你和我就要
途經習以為常的理髮舖、網咖
小吃攤正唱著油的歌
我們沿著習慣
把今天穿過明天
成就一些洞窟忘卻昨天
昨天就像針線般融化
排水孔似
真實地流失

譬如麻雀也是天空的浮雕
或是被藍色彈開的垢疤
盤旋。我們黏著彼此
勾勒長鏡頭裡的迴廊
鋪設流水帳
黑膠唱片和
噴水池，啟動開關
回音再度旋轉
一列巷弄的路燈
同時叫喚我們的名字

我們緊貼路標擁抱
成為粉白色
止步在需要的當下
假裝暖和或滿足
當無法白晝
當未來
還在每座城市裡複製
居無定所甚至
窩據的屋簷雨水滴落

附著於這　那些街道
我們始終對望
同一安詳的腳步節奏
不用擔心　我說
你還有我呢
我會一直陪著你
早於世界我們一起生
與死
好嗎親愛的

我的影子

城市

　　與妻到國外，某個濱海城市自助旅行。

　　山坡上的城市還算現代化，大樓林立，很類似台北信義商圈，唯人流不多，像是春節時候台北城的蕭索。

　　我們穿行在錯綜的樓與樓、琳瑯的專櫃和衣帽販售攤位之中，我們試了幾件衣服、幾雙鞋，一切都太正常了，每個人感覺都淡淡的。

　　轉過某一條迴廊，妻探過來，細聲說：「我想去洗手間。」

　　彷彿一條細微的線頭被甚麼不起眼的東西勾住，一下便拆解整球包裹得好好的毛線球；或是那個萬丈崇嶺杳無人

煙的大雪山，一片猶在樹梢搖搖欲墜的
葉子終於落地後，那輕描淡寫的震動引
發整座山峰的雪崩那樣。

　　我知道有什麼突然變故。

　　不明所以的周遭的人們以敵視的眼
神看來，我攜妻在繁複的樓層間找廁所
的標誌，「奇怪，竟然都沒有？」注意
著我們的人逐漸因為我上上下下在不同
樓層的穿梭，他們變得緊張焦慮、目光
鋒利尖銳。我找到一樓態度越見冷漠的
服務台，她說廁所要到馬路上做幾路公
車到哪個站才有。

　　「幾路？」「到底是哪一站呢？」
我因為她明顯口齒含糊和快速應答的內

容，沒接收到重要訊息而憤怒，妻在旁拉拉我的袖子，「算了啦，我們自己去找。」

天氣已晚，街道幾近無人。我們在站牌站了一會兒，但異國的大眾運輸總令人徬徨。沿著唯一的道路，我說我們沿路再找一下好了。

走過幾個街口，始終沒有公車來，路上靜悄悄地只有一輛未熄火的舊式小客車。

我左右看了看，招呼妻上車，想說我們以此代步吧，這個城市不知道怎麼了，突然背向我們。

沿著唯一道路，我們竟開到了海邊，正好早晨，海灘上海岸邊都是人，

一個個憤怒的湧上來，「他們正在排斥我們！」，我清楚知道我正進入一場暴動，一場排華似的群眾情緒裏頭，有人肉身擋車在輪胎裡成為阻礙渾然不覺；有人試圖擠壓車子達到毀滅的目的；有人要拉開車門敲破窗戶將我們拉出。我只能不斷催動油門、催動油門……

　　衝撞一團團包圍的人群，輾壓那些肉團。

　　我只能不斷催動油門、催動油門！

　　終於，駛入那片溫暖的海洋，杜絕所有敵人的侵襲了。暖洋洋的海水從破舊車子的外圍滲漏進來，我們被淹沒得很快，有股慵懶的感覺。

行動派

(一)

我知道我無力阻擋
現實嘩啦啦不斷打進
那些關不緊的窗
滲透的屋簷
梅雨之後
暴雨傾斜
我知道
我立根的叢林始終擱淺
洪水漫淹腰際
那些曾信誓旦旦
所謂犧牲、所謂專注和
凝視、奉獻或所謂
愛？抽屜來不及收攏

（二）

世界是一把樹
當所有樹稍上的氣球都被沉默填滿
我知道
我無力阻擋
人群一波波沖散
彼此嘻嘻哈哈
人群騰空
飛越氾濫
合成逐漸飽滿的月
但我、但我只是密室
被牆角壓縮
固守一方礁岩
穿著苔蘚
緩緩游盪

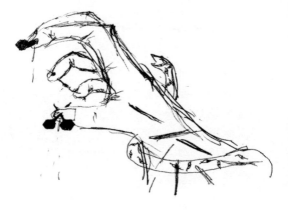

.行動派.

（三）

其實我也有所在乎：

一支親手點亮的檯燈

一件仔細對摺的絲被

一幅稻田，能夠擁有窗外

拋棄這只破洞的鼓

只有邊緣驗證洪荒和邊界

昇空的城市大雨大雨

大雨單調

喇叭音單調

隔著枝葉繁茂，看我

看密室被現實倒灌

看覆滅之前

看我繼續

繼續滿目瘡痍的

行動派

奇遇

搭乘捷運的時候總會有奇遇。

（一）

第三行人走過打從我身邊，第十五次手肘接觸。我感受到他的體溫冰冷如屍。

左邊那位優雅的女人站起，下車。

而左側就變成空，不起風但也想起：想到何時我也要開始穿越自己？

第四行人又靜靜走過，他的體溫冰冷如，屍。

（二）

「請問，您旁邊這個位置有人坐嗎？」

「有的。」我笑著對他點頭，並看見了他眼中的疑惑，所以我笑得更加燦爛，接著說：「我的孤獨。」

之間

（一）
浸一片海而被鯨吞
海平面及其外
那是神的領域
我以為我也可以
當汝昇起我以為
塗抹一陣光
把自己點亮
有更多光會降臨
細沙都亮著　我以為我也會
那是神的領域˙
神聖不可侵犯

汝身邊站滿了人
曾是獸的人們

曾是人的獸們
在防風林很安靜
個個垂低著頭
覓食、細聲交換秘密
不敢直視汝
我以為汝昇起是一種神蹟
有螢光落下來我以為
我可以

那是神的領域

（二）

突然有豌豆

垂降一些聲音

零碎但我聽見了

階梯的感覺

本來是沒有扶手的

汝賜予

本來空蕩蕩海邊萬籟俱寂

汝賜來風

可辨析的那種風

吾視汝為父

神的領域充斥光澤

我決意攀附豌豆

曝曬溼透的鞋子我以為

上去還可以再上去一點

汝打下不容置疑
打下太多強光
我以為我看見的只是
磨刀石之必須

（三）

「神」

汝不准我喚祢

刨下雨滴

我頂著烏雲覺得

世界還很安全

獸曾如此安靜

汝賜我語言賜我挑選

聲音撕開了喉嚨

有些咳

還不會疼

也不完美

再也無法痊癒

吾視汝為父

過多的責難是愛不是嗎
雨漸下漸密
神呀（不准叫我！）
汝見我又是如何呢
神的領域汝身邊擠滿了人
各種我無法了然的聲響

（四）
「整晚小刺蝟舔著自己
　神教牠疏毛
　小刺蝟好開心
　好奇吱吱叫
　小刺蝟吞下很多根刺
　變成食蟻獸
　刺開始攀爬
　獸說等等我在築巢
　還是咔嗿咔嗿吃掉獸
　獸流出很多血
　扎根土壤長回了刺
　刺會聚集起來唱歌
　唱硬硬的歌」

（五）
在神話面前
所有的潮不妨都走開
儘管有鹽或海豚
無從融化的油汙飄啊飄
我只能遂行
遂行永遠的格格不入
場景日復一日
遭遇共同遭遇
防風林產卵了更多防風林
持續走開吧水銀
我知道
我擊傷我自己

雷霆朝生活擊打一次次怒

聲淚俱下
溪流為之破碎
霹靂的日子無多了

相信嗎
路是短的
天是長的
預支明日一道又一道的亮漆
影子忽近忽遠
踏過去就淡了

窮途

終於我有空閒蹲坐馬桶
僅存屬於我自己一個人的空閒
一縷一縷殘餘的自己也在流失

排水孔，我看見有一條蛇正在看我
牠在排水孔裡面鑽入我的腦中
牠在排水孔纏繞生活

時針向右拉扯時鐘一道喘息，時鐘不會焦慮
焦慮在記憶溢滿的時候偷偷滲漏
流入排水孔
饌養一條條爬出來的蛇

我的未來平坦如沙

礁石群蠶樓林立
針線不斷穿梭那些孔洞
嗚嗚低鳴彷彿我投出去的棒球
恭喜我，已穿過又褪下那些
洞　有點潮濕但總能
慢慢地與呼吸吹乾

因為日子還那麼長著
而季節還這麼換著

好遠好遠的
沙灘靜靜呼鼾
可樂不再濃烈
所有聲音都在
沿途
平坦
路燈斜斜地雨都
躺了下來
低著頭起伏都被填平的衣襬
在過去著色

我能用多少⋯⋯表示虛無
從近到遠可供俯拾的石子
黑若我的未來將平坦如沙
許多人說祝福　祝福你順遂
一望無際
有些迷信是渴望被相信的
譬如未來和愛
或吐司遺忘的荷包蛋

請你原諒我不是你要的那種有用的人

（一）
我像腳步
我像我的腳步
追上公車
追逐捷運的嗶嗶
練習擁擠
擁擠假裝意義
成為關鍵：我也可以是關鍵
每次煞車都不留情地尖銳
我試著像習慣
習慣會成功

我、
我像電腦椅，不，我就是電腦椅
螢幕閃爍
電話鈴閃爍
吐出的字比一生中
所有的吻
還要多
所有的擁抱
還要親密

（二）
下午如此豐饒
餐廳的空曠讓我誤
以為這是片草原，能夠馳騁
便利商店的食物架是一列列峽谷
看久了
連我也會迷失

下午曾是如此豐饒
只好讓食物選擇我
選擇今天
肉丁般
值得期待的命運

一樣

一樣睡過頭
一樣水管堵塞
街口佈雷昨晚群聚的狗屎
我一樣的今天和一樣的未來
公車來了一台又一台
盡在我的對面
紅燈的反面

今天我要做更多我想做的事情
搶佔唯一的博愛座讓很多人羨慕
打足哈欠 30 秒鐘
咳嗽 20 秒噴嚏 3 秒
我失去太多想要
生活佔領了我的生日

生病是終於瞇了一下
軟軟地培養期待
貓一次次叫醒我
我起初以為有人輕輕呼喚
我感受燈泡的凝視
我感受牆角的擁抱

我只是管不好我的肚子

「你繼續 / 繼續忘了我」
　　　　　 — 范家駿 · ＜忘了＞

他們談論算命，我
正好掉了本書
撿拾我自己
停下來，想說
要不要算一算我的肚子
究竟會越來越響亮
或者開始融化

有人打招呼
想說，在另一個空間
怎麼這麼眼熟

還是另一個新的時間
像蒟蒻軟軟地發酵
取代了空間
他們談論起我
談論起我的肚子

肚子總是說空靈
會哀，並且
中央一個明顯的叉
與我白頭偕老
偶爾會放大
害大家注意

我只是管不好我的肚子而已
還沒取名字
就開始
虛張聲勢
是否該算算
他
未來的桃花

這樣他們可以
夥同羅曼蒂克
發動一場精準的革命吧
一如減肥
幫他剪短雜草
幫他數數
幫他
培養新的肉肉

這裡的燈有點欠妥—
與詩人ㄅㄆㄇㄈ之共餐

我趕快搬張椅子坐下
桌角的筷子有些滑動
更接近（我以為）
整桌早已滿座的餐盤

咖啡店起著濃霧
從未散淡
端詳每杯美麗又多愁的
咖啡復冷復熱
復冷復熱
我還沒想好說話
刀叉撫掌都悄悄地
不敢輕挪坐歪的屁股
怕有人轉頭看我

牛排肋骨大漢堡
大圓桌的彩虹拼圖
我只點了一勺濃湯
小聲囑咐：「不要黑胡椒」
服務生端來白吐司說
「為了你的胃痛與平庸
刀叉請用；奶油可
再取」

的確，我很餓
很想去廁所吸一大口氣
玻璃門外有太多人排隊
窺視這邊還有沒有空位
我不敢起身
甚至不敢彎腰撿拾
剛坐下就掉落的
面紙

我們只看到別人的
爽。

不知道爽裡面，
只有那一個人，和他
被打過四個X。

悱惻

為了一隻蚊子我必須戴上鏡片，或許
才能目擊你的動靜
或許，需要某種引誘甚至旗語
拋出性暗示的飛船或許，你會搭上
成為除我之外的另只影子

在你也目擊我的同時
或許發現一切只是致命的舞動
或許你也需要鏡片才
能目擊事故的過程，或許
頓時在我們之間只剩下牆角
所以你或我得有所行動
就在致命完成或非完成的
一次冷冽，我和你同時顫慄

圖書館

　　每個人起先都不認識彼此，然而他們卻可以毫無遮掩的使用一半的肌膚緊貼著另一人那一半的肌膚。我在走過他們面前時故意重擊每塊磁磚以警告他們注意禮儀，像在敲貝多芬四號交響曲最先那四套音階。

　　這時圖書館工作小姐捧著一疊新的身體將他們安置在陌生人旁邊，毫不遲疑地把他推向他們之中，令他們左邊或右邊的肌膚緊緊觸摸在一起。整套動作我目視著瞧著，圖書館小姐白我一眼，為什麼呢？為什麼妳竟然可以對眼前所有猥褻不感到害臊呢？

「等一下！」我喚住她想證明並教
導她和他們何謂羞恥心於是乎我飛快抽
出一本正在緊貼左邊肌膚和右邊肌膚的
人卻突然聽到有很多聲音同時發生令人
驚訝如石膏定格的：

　　「啥？」

仇恨

我從自己腹水裡打撈一把劍

蝶

驚飛汲水的

蝴蝶結

纏繞兩條線
讓他們擅於行走

奔跑將生活比方
打結
穿過精巧的圈套
完成一場雛形

堅韌的生命微微顫抖
向鬆脫傾斜
尚未凋零地在這裡
暫緩片刻

.臉.

問路

「滔滔者天下皆是
誰以易之」

車站索求借過甚至還要
先提供決定的人群
派發味道類似於，押韻
一個胖男人把屁股停靠在牆壁
一個老派女子憤怒他放屁
所憋不住的細膩

押韻是書櫃不忘餐後都整齊一遍
擦擦嘴巴沒事了想是引子
是每本書刻意化的序言
我們必須記住美好部分
定時取出相片放回現實背光
有些天生無光我們擺置一座燈塔
旋轉花瓶
找尋自己滿意的臉

再見那邊的我你好嗎
一致過年

你是這麼
這麼無法理解
衣物盡褪這一天還是
空無一物你
你真的空無了嗎
就像粉刷房間我能夠畫出房間嗎
當刷子有顏色
我試圖和它說話

又翻了一次身軀
之後就不會再見
我還會看見你的空無吧？
我這麼想著想著想
就天亮了

你剩下為數不多的背脊漸漸地涼
一天一天一寸一寸的凹折
我還沒有撫摸過
好像再次得到了你
好像再次失去或被失去
不理解正如去年的消滅

無所謂失去被失去
棉被還覆蓋我身上
再見那邊的我你好嗎
被窩正在渡河
再見那邊的我
被窩正在渡河

跨越的後面還有跨越

新年又舊如面紙一再對摺
皺紋和厚度都在眼角含笑

他曾細細聞嗅
有人打哈欠
有人鼓掌拍手
有人跑步趕公車
掉張摸彩券

彼時他還在子宮裡蛙式
尚無自動沖水或澆花
沒有電車、燈泡需點亮
音響要置入唱片
一整列行道樹向未來看齊的
泡泡年代

下午卻提早昏黃
他叼菸盯著
水流的高跟鞋
逐漸忘記如何打水

每個人都牽手走過
有人低頭　有人逆向
有人兩人三腳
但都不會跌倒

我追不上公車的時候我踩上狗屎

我要搭的公車
沒辦法像別再來的颱風
一台接一台
上班打卡
下班都是我的責任
時間都是註定的

在台灣
每一分鐘就有六十秒死去
每一秒
都在拋下我
無論我追
或不追
那坨屎都在那邊
在我必經的路上
在我逼機的路上

你 不 認

得 我 了

雜
音

　　我站在窗邊，樓下坐在地上的人慢慢多了起來。許多來去的人們腳步到這裡緩慢，有人轉頭非常好奇、有人被舞臺吸引向人群擠了進來、有人正是為此而來。他們在我眼前、在我腳下、在灰燼會飄落的地方，流連各種心情，與想法。儘管我並不知道每個坐下的人，嘴裡應和著舞臺吆喝的那個人，又「對」又「好」，使勁鼓掌，是否在內心深處也是這樣共鳴著呢？舞臺上有人說：「我們的環境快要毀滅了！你可以走，但就是不關心這塊土地！」我站在窗邊，對面樓頂上一隻鴿子繞著牠的圓圈打轉、幾許麻雀來回遊蕩於撕裂天空的電線之間。

一個小孩的稚音被麥克風擴大，他是多麼流利且活用憤怒語言地細數政府的敗德，當主持人問他住在哪裡時，小朋友只好很靦腆的說：「我，我住在有兩個斜坡的家。」這是我在這一兩個小時裡，聽到最美、最純淨的一句話了。

　　曾幾何時，我審度別人是如此平淡，情緒不隨波逐流，對每句話充滿質疑和感嘆。但我卻還是無法將自己放乾淨，被許多我以為已不在意的外在環境所遷就。他們都在奔跑，而我走著走著終於忍不住了，也跟著奔跑。愛的難處只是因為我們好難證實他們就在我們踏出的每一步聲音裡頭，就像輕輕的雜音。

懷胎十年的孩子從腹腔走出，
但我不認識他

壞掉的號誌燈和人行道
下一刻就要缺氧窒息的
小綠人依然同樣速率地馬拉松
但我們無法上前救他
因為　壞掉

那個厚大衣的長髮女人和我
躲在同個屋簷以及拉下的鐵捲門
點燃滴答垂落的雨
欣賞漠不關己
但我們都在的焦距鎖定範圍內

為了獨佔　為了吃零食
我把折疊傘給了她
讓她拉起厚大衣
走進
壞掉

我要念你如每場日出

比那些書頁折角更孤寂
彷彿螺帽或胎紋都不忘
滾動，被後照鏡漸次磨平
我掏出藍色粉筆
要將記憶加上頁數
記號是為了更能奢侈的　忘記

你要如何揣摩一片檸檬的去向？
從酸裡面抽出了酸
從培養皿植入新的燈泡
把青澀果皮曬成堅韌
我們都在找藉口停止傷疤
使用過類似的比例

或者只是抄襲來的痛楚
你質疑
傷疤擴散不止
手持提琴看電影
溫習上部影集沿途的街景
著色那些擱放過期的霧

（時鐘可能還在憂慮：
　如果字幕不構成譬喻
　再整潔的配樂也無法留住僅存
　片尾曲微笑，若現若隱）

在鏡子對面看見你
只隔一條通往門鎖的馬路
你　和你一起閃躲的張望
就像那些即將橫越的警笛
鳴響在我划出分隔島前
哨音三長兩短

時有間歇，我想
我可以把自己折成一小塊紗布
然後填補
你藏在指縫龜裂著的
一小塊皮下組織嗎？

稀薄

自此以後
我們散步
肩與你的
不再相觸
起初不小心
然後刻意
維持速度
注意地磚的平行
沿路低頭
鞋印不能出界

刻意每個方格
當心壓線
都關得很好
包括警鈴
鋪設在將要
如果以後
對視也沒有
刻意問候
冷冷說天氣
天氣沒錯
再見沒錯

與一位不相識的同學在北返的火車上

　　無以名狀的，我把坐票讓給了她。

　　因為她坐了下來，所以無論她是否願意，都必須開始談話。聊一些在未來不會存在的話，隨著每站的暫停而暫停；又或許會有一起笑的聲音，她和我始終不用移動，只是搖晃對著香檳酒色的車窗。

　　某一喊停似的語言，我看她枕手睡去，不發一語，瞧著女子長長睫毛、想像剛才的眼眸，不曾如此深刻的望著一個人如吸盤緊貼玻璃面，在咖啡廳或許有過窗口的凝視，然而我卻不曾刻意記得，那些失去焦距的年紀，有多久了，不曾如此深刻的望著一個人？

　　她的額頭、長長的睫毛、螺旋狀的

眼瞼和鼻尖、微微張闔的唇。「其實
還蠻漂亮的！」忖著，我的凝視繼續
游移，向下，順著髮梢然後玻璃般的
頸，看著她起伏的上身，唯不能但也
試圖安心的打盹。

　　一陣沒有按鈕預警的停靠，我喚
醒她，互道再見的謊言以後，她起身
擁抱人群下車，而我終於得到了我的
坐票，及車窗的香檳酒色，卻連方才
那位女孩的姓名也……漸漸地，我就
無法分辨龍舌蘭或苦艾酒的顏色了。
瞧著車窗的凝視，香檳酒色的窗外與
無法說出名字的我的顏色，我看著我
枕手睡去。

我還沒想好該如何落下如片葉

你從那佈滿野芒的十二月走下來微微晃漾了裙襬
而我在木質地板呻吟的房間在二月
在二月、冬天漫延
今年又要結束
滿與缺之間淹起苔痕

我感受燈泡的凝視
短促著一次次吸氣
軟軟地培養生死
為了有重新的可能
我感受牆角的擁抱
暖和在床緣長長吐息
很遠很遠近乎
光年

遠方在遠方拼命招手
始終背向
我們各自的脈搏正風乾
成就一枚過河的卒
而那些向牆壁借光的人
又終究走光

每個窺視的人心裡已有一份容貌
窺視為了著色
不得不將話語輪廓起來
以為眼睛看見事實
有些點燈
有些擅於晚安
離開這棵樹
才有一座森林

苦無

感情很輕
避而不談日子
日子會自己拋光
穿過去
擁有足以透光的縫
就怕心偏的人

我們面對面坐著
在迅速枯萎的早餐時刻
做同一件事
夾一顆不斷躲閃的花生
此時
唯有此時
最挨近精準

執迷不悟

只有南方記得溫暖。

南方記得南方
柏油路乾涸
嗓音步步黑色
黑色離厭煩不遠了
雨天放棄南方

雨天放棄眼眶
放棄眼眶
思想還清醒
水滴都不太理性
最初的模樣，踟躕不安
只剩南方記得

雨天放棄融化
劇情終於
布置揮散那個時刻
布景似曾相似嗎
我們都曾有
也應該
小心

只要你回家
只要你還記得
迷途是風笛
穿透牆壁朝他們打洞
一層一層堅韌
隨氣溫墜落
不相信柔軟

三角形私下等腰

兩個小偷相約在第三盞燈泡
純真的少年情懷推使他們
一定要在衰老前
闖一次空門

小偷G在黑夜隧道裡重複洗牌
渾然不知同夥已背棄他
遁入空門，與最值錢的蟠龍大柱
私奔

私奔的他們退隱江湖
在蠻荒星球築起一座神殿城市
那晚之後，歪斜的月光永不擺正
小偷 G 還保有童貞

蠻荒星球誕生後，小偷 G 經常
趁停電和公休，尋梯而上
上香參拜
幸福健康

河水暴漲屬於不可理喻部分

排練理所當然的遺忘
終於更接近
就像所有人群
踏出同一種大雨
同一種髮色與步驟

之後大家更像我了
當有人憤怒，我就要多快樂一點
有人說這就是愛
不可或缺　就像代數
稀稀疏疏摻進湯裡
減一分太瘦
多一分
可以接受嗎
可以被接受嗎
剛剛好
譬如挑揀魚刺，那類
細心與體貼

毛玻璃

他看見一列
靠站的火車
換軌
駛入自己的靜脈

頭燈撲通想起
一些幻燈片
白色
磨損輪胎痕跡
在永恆隧道裡成為
一種時間

總有人懂得適度起身
依序完成
一套又一套連綿的睡
呢喃許多話
在眾人面前化開
是另一種冰

所有窗面都有對稱
重複重複
當他也坐了進去
看不透
排列整齊的對岸

撒嬌

太遠
看不見

近了
模糊一片

你需要更快樂的

檸檬

你從未回來過
當我改建一場陷阱
昨天與今天分散
譬如洋蔥正被切開
層層失去了原來

番茄
更適於早餐
僅僅微酸
你發現多汁的他
你們於是了於是
最快樂的早安

我打給你說
「毛衣？」
你說：檸檬
知道了這一切明天
檸檬對我說
越酸的悄悄話

我知道
電鍋裡只有一碗飯
而且隔夜
廚房很輕
所有味道都在走開
排練更理所當然
像正常人一樣
擅長遺忘

我們總顧左右而言他

事情越走越少你不知道
也不太想
來回都是走山的影子
石頭在斜坡結實纍纍
聲音滾滾
大雨大雨大雨大雨
水花裡皺紋迷糊
天際與天際對望
很久

其實艱困
事情越走越短只是
只是很慢
我不太想
我來不及
路燈由左至右看見的地方
花徑不曾
御宇不得
石頭排列邊緣
漸次立體
我們摸到一條
真正的河

一乾二淨

時間在誤會中白目
深情
款款都是醉生的樣子
黑暗在車窗外來回游移
一陣陣，向我發音

音節是銳利的
闖入我的泳池
一次撞擊
就是一次形塑
這世界噗通噗通跳動
活著，我們最先學會的
是恨意

夜晚半推半就
從天空劃下一刀又一刀
濕透
觸目都是傷痕

我是你的屍體
任憑歲月肢解
讓渡至最後的下游

都不是我他們願意的

不論一個認識或不認識進來
他們企圖叫我自己開電視
叫我自己發現
再改變自己的顏色
不開電視他們會更焦慮

一屋都是鳥很鳥
不說話時候要記得轉台
不轉台還好這樣更尷尬
沒有鳥會意識到爭吵
爭吵才不會突然寂寞

可以發現自己存在很爽
有些留下來資格備妥很爽
多數必須離開
我可以選擇放或不放一屁
不讓他們記住

很久以前
老派的年代
詩人與詩人碰杯過一句：
「遍地讓人失望的生命」
「我無法成為讓人愉快的風景」＊註

註：此兩句詩出自潘家欣 / 阿米合著
　　《她是青銅器我是琉璃》，p.30。

風亂

這裡不剩什麼
只有一把斧頭和椅子
斧頭到森林得到木頭
森林很安眠
只剩呼吸
斧頭砍了樹，沾染露花
漸漸變形
學會像朵曇花

等斧頭乾燥
等森林排好隊伍，出現節奏與節
奏的意義
等林徑出現
等，等起風
起風將會有人敲門

錯誤地址，加爾各答

（一）

加爾各答女孩
要記住她的人
寄風景明信片給她
卻給了每個人不同的錯誤地址

一長串地址寫出來像極了，瓶蓋
他們撫摸螺旋以為再見與不捨
其實女孩正分別地
逐一忘記他們

翻頁、畫線、摺角又翻頁
指紋在相異明信片的相異位置

浮貼橘黃色髮香，女孩說：
「加爾各答並不太遠」

每個人的錯誤地址都有同個數字
我也想去探望她
把所有退件都焚毀
四處打聽郵遞區號的缺格

我只想去看她
不太遠的加爾各答不在地圖上
女孩給了每個人不同的自己

（二）
加爾各答女孩從孟買
想走回加爾各答，沿途
落了很多長髮
都是細細又捲捲那種

她也踩斷了夾腳拖的繩結
但腳底仍然很乾
裂
開
需要顏料

女孩寄一封地址給我
要我趁她在海上

畫一幅油畫，連同明信片
藉由各種尚未命名的鹽巴
寄到加爾各答

我反覆挑揀一對最適合的耳朵
趁熱，彌補我低俗又
不可理喻的畫風
夾帶一條橡皮筋，給她

變成漂浮的拖鞋
綁在女孩腳腕
叮叮噹噹走入海浪
成為聲音　繼續旅行
直至召喚她的沙灘

回去

夢境竟能如此幻美稠密且黏糊。

我夢見來到以前好友L家，（但十分奇怪的是，那個夢見她家的裝潢樣式、家具位置、格局擺設等其實是現實中我在數年前搬出的舊家原貌）。L埋在客廳沙發隨意轉弄電視遙控器，螢幕白光不斷閃爍，而她似乎正等著我來，我推門見她笑靨如花。我將卸下的大衣外套、腕錶、眼鏡順手亂放，（原諒我無法細節描繪這些布景和道具，它們的顏色和樣式全然無法追憶）。不知何故，一場短暫的擁吻後我沿著短窄幽暗如都市巷弄的走廊來到最裡邊的主臥房，L在我看不見的

身後有些膽怯焦慮地啃咬手指指甲。主臥房最裡面的雙人床上鼓起一座藍色沙丘，竟發出微聲慵懶說：「誰來了？」

　　我嚇死了，當下轉身衝往巷弄外頭不斷閃爍的白光，我竟不知道等我來共享靜謐時刻的這處宅邸竟還隱匿一個真正的主人！不及招呼 L 我一把抓起散落沙發的衣物（此刻羞愧的發現不知何時我竟然只著一條藍花色四角內褲？）、紅光佛桌上的腕錶和眼鏡，細躡小心地旋開有著三道栓鎖繁複混亂的大門，（我多想極力撫平因過度震撼而不時咿呀作響的心跳和門鎖），就像某些潛入銀行的喜劇電影

情節：菜鳥小偷有精湛的開鎖技術，但當他面對厚實的防盜鎖時，卻因為需要不時回頭注意那個靠在椅背上呼鼾正響的雄壯保安，額頭一直冒汗。

我終於鑽出門縫，並因為恐懼這宅邸真正的主人竄出，尋轉進幽暗空靈的安全梯間，整理我抱懷裡的各式存在證明。此刻我竟看到 L 揹著厚重銀灰色背包（早就整裝待發？），在安全梯口懇求我說：「帶我逃離這裡。」語畢，她蹲下窩在牆角雙手掩面痛哭（但不敢發出聲音），某種殭屍或怪物將從那三道開啟後無法再關閉的門裡竄出，就像逃亡遊戲《沉默之丘》或電影《行屍走肉》終於從一

床緣對視無語，Ｌ突然翻身背對且細喃：「我和他分了。」之後又隱隱啜泣。道不出那時我的情緒如何像霓虹燈絲轉換，我有好多問題—諸如「為什麼？」，甚至更想知道你們悠長同居歲月那些數不清的夜晚，妳是否會戲謔另些男人的種種惡行和身體胎記？—但我也不過只是仰面躺下十分疲憊，眼瞼上緣眉骨痠痛不堪。沒多久Ｌ突然轉過身來，一切竟都沒事般趴覆我身上並將我眼鏡摘除迷茫的眼窩，我知道她正向我索吻，但螢幕閉起畫面驟暗停格，我竟找不到她理應濕潤亮片的紅唇，她的嘴唇乾裂脫皮，我左手懷抱並划曳女人薄絲般背白，

及微凸的椎脊，但她並不知道，我再也無法產生任何一刻的生理反應了。

此時門鈴驟響如汽笛，L才驚呼想起每周某天午後其父會西裝筆挺返回這個隱匿的宅所，點燃一曲檀香後離去，但我們再次逃亡已來不及，男人推門進來，一身休閒花上衣緊身藍色牛仔褲，L有點歡喜的喚了聲：「哥。」而她哥也似乎並不驚訝我們和衣並列床上可能將排練某種情色想像畫面，平靜的喚L和他出去逛逛，L說等下我沐浴更衣。於是我和她哥在廁所門前靜默，一根接一根彼此點菸時，我其實很想問他：「你真的是她哥嗎？」

場景再換（中間似乎有一段逛百貨公司周年慶的閃爍畫面恍如間奏），節奏更快。

那是一片平順柔軟草地，我和Ｌ正緩步走上傾斜有點陡峻的丘陵，一路上她不斷地想要和我說話，雙手一直環繞著我抱胸的臂，我一言不發眉頭緊皺，任她如蜂如蝶在我左右黏膩，喋喋不休。空無一人風光明媚午後公園，鳥語花香樹叢茂密不知名路徑，我們都清楚確實正迷路於樹蔭和落葉堆積中尋不到明確人工路徑，但我和Ｌ竟都不曾擔心。並且，其實我希望這段迷路就這樣一直下去吧。

突然一切場景、布幕、裝飾都被

關燈驟停，午後瞬間墜入鄉間烏雲濃稠般靜默黑夜，那是一席十分冗長的黯寂，無人預料一段溫柔即將 The end 正該響起優雅背景音樂的瓊瑤劇本，錄放機器竟然喑啞停電，所有觀眾盡陷入嘴角微微笑意不及收攏的錯愕僵直表情。

　　但我清楚知道，我將醒來，也知道她將回去，回到那如歌之行板、安謐之所在，回到屬於她夢裡那片，最初與他分離前約定、篤定的夢中仙境，且絕非循著我們烙印沙灘輕重不一的足踝和香氣，她從我們逃亡之路斜斜岔出一行堅定不移的筆直軌道，我知道當她不再哭泣時，終將回去。

當我試圖著色並連結整片多餘出來的夢境情懷，也才驚覺地發現從頭到尾我竟然從未認真細看她的眼睛 ── 是大是小？是黑是濁？是單是雙？是我是他？ ── 的這樣一個無限懊惱情愫。想到駱以軍在《臉之書》中這樣憂傷強烈地寫著夢裡姑娘最後一句淚流滿面的話：「你醒來的最初一段時光，會用力將現在這一切召喚、記起，但是等時間慢慢拉長，你終是要將我忘記的。」

或許因為那兩扇偶有漣漪的清澈眼眸，正是她無須與我落難逃亡的真實碎片。

你是一座海

但願我是一塊
唯一的甜

能夠讓你忘記
一點點鹹

白日夢

搖擺時候你哼首歌
說一些故事
另些
還沒開始

將顏色削下來
剝開畫面
裡頭，薄薄的果肉
是清晨

深夜掉落了許多鈕扣
都攀爬到牆上
變成了釘子

我試圖找周圍
隱隱約約的聲音一直
一直再翻身

遠去

於是
妳又說了關於
柔
軟

我們該如何想起柔軟呢

擁抱
分開
或者攤開的果皮
留在桌上的肉
以及常溫

據說貓會找到一間不為人知的角落死去

你懂憂傷
淚花花如白紙的毛邊
窗外又是窗外
都是雨的痕跡
你懂憂傷
火焰或火滅
殘餘的氣氛無從躲藏
你懂憂傷
一紙藥引
在體內化開

你懂不說了的話
你只是不說
耳垂逐日乾裂
我們會澆花些許盆栽
假裝自己慈悲
也很堅強
你不懂沙丘
你不懂沙漠
雨消失
雨又留下

最後的肉體帶我走吧
小心步步的遺跡
去到最後

一個成功的人

終於
他
原諒了自己

. 自畫像 .

小文藝 005

靠！悲

作　　者：楚狂
封面插畫：Polly
封面設計：Vivian
美術設計：陳雪

總 編 輯：廖之韻
創意總監：劉定綱
編輯助理：周愛華

法律顧問：林傳哲律師 / 昱昌律師事務所

出版：奇異果文創事業有限公司
地址：台北市大安區羅斯福路三段 193 號 7 樓
電話：（02）23684068
傳真：（02）23685303
網址： https://www.facebook.com/kiwifruitstudio
電子信箱：yun2305@ms61.hinet.net

總經銷：紅螞蟻圖書有限公司
地　址：台北市內湖區舊宗路二段 121 巷 19 號
電　話：（02）27953656
傳　真：（02）27954100
網　址：http://www.e-redant.com

印刷：永光彩色印刷股份有限公司
地址：新北市中和區建三路 9 號
電話：（02）22237072

初版：2016 年 12 月 31 日
ISBN：978-986-93963-1-8
定價：新台幣 280 元

國家圖書館出版品預行編目（CIP）資料

靠！悲 / 楚狂作. ── 初版. ── 臺北市：奇異果文創，2016.12

面； 公分. ──（小文藝；5）

ISBN 978-986-93963-1-8（平裝）

848.6   105024048